Terrienne

Jean-Claude Mourlevat

lePetitLittéraire.fr

Analyse de l'œuvre

Par Elise Vander Goten

Terrienne

Jean-Claude Mourlevat

Rendez-vous sur lepetitlitteraire.fr et découvrez :

Plus de 1200 analyses
Claires et synthétiques
Téléchargeables en 30 secondes
À imprimer chez soi

TERRIENNE

UNE PLONGÉE DANS UN MONDE PARALLÈLE

- **Genre :** roman
- **Édition de référence :** *Terrienne*, Paris, Gallimard Jeunesse, 2011, 376 p. [ebook]
- **1ʳᵉ édition :** 2011
- **Thématiques :** l'adolescence, la mort, l'amour, la fraternité, les émotions, la nature humaine.

Paru en 2011, *Terrienne* raconte l'histoire d'Anne Collodi, une adolescente de 17 ans qui, après avoir reçu un message de sa sœur disparue un an plus tôt, part à sa recherche. Son enquête la conduit sur un chemin de campagne, qui s'avère être un passage vers un monde parallèle aux antipodes de la Terre…

L'idée de cette histoire vient à Jean-Claude Mourlevat alors qu'il conduit près de chez lui, sur une route départementale entre Montbrison et Saint-Étienne. Inspiré par la beauté du paysage, il décide de faire de cet endroit le point de départ de son histoire, et de cette route une brèche conduisant vers un autre monde.

Il alterne dans ce livre les chapitres rédigés à la première personne, exprimant le point de vue d'Anne, et les chapitres rédigés à la troisième personne lorsqu'il s'agit d'autres personnages. Tout en appréhendant les pensées et les sentiments du personnage principal, le lecteur entrevoit ainsi dans son ensemble l'univers imaginé par l'auteur.

Ce roman, qui tient autant de la science-fiction que du fantastique, est publié à une époque où arrive une vague de dystopies sur le marché de la littérature jeunesse, si bien qu'il trouve rapidement son public. Son succès s'accompagne de nombreuses récompenses, notamment le prix Utopiales européen Jeunesses l'année de sa sortie, puis le prix Farniente et le prix Ado Rennes/Ille-et-Vilaine en 2013.

JEAN-CLAUDE MOURLEVAT

AUTEUR DE LITTÉRATURE JEUNESSE FRANÇAIS

- **Né en 1952 à Ambert (Puy-de-Dôme)**
- **Quelques-unes de ses œuvres :**
  - *L'Enfant océan* (1999), roman
  - *La Rivière à l'envers* (2000), roman
  - *Le Combat d'hiver (2006), roman*

Jean-Claude Mourlevat est né à Ambert (Puy-de-Dôme) le 22 mars 1952, dans une famille de fermiers. Après avoir été professeur d'allemand dans un collège pendant neuf ans, il quitte l'enseignement et part vivre à Paris, où il suit une formation de théâtre. Il crée ensuite un spectacle clownesque jeune public en solo, qu'il jouera pendant quelques années. En parallèle, il anime des stages de théâtre et met en scène plusieurs pièces d'auteurs classiques, tels que Shakespeare et Jean Cocteau.

En 1997, il collabore avec l'illustratrice Fabienne Teyssèdre pour réaliser un album jeunesse, intitulé *Histoire de l'enfant et de l'œuf*, et publie ainsi son premier texte. Il décide par la suite de se consacrer à l'écriture et signe plusieurs romans jeunesse, dont *La Rivière à l'envers*, *L'Enfant océan*, *La balafre*, *Le Combat d'hiver*, *Le chagrin du roi mort*, *Terrienne*, *Silhouette* et *Jefferson*.

Multiprimés, ses livres sont traduits dans une vingtaine
de langues, si bien que sa renommée devient rapidement
internationale. En 2021, il est d'ailleurs le premier français
à remporter le prix commémoratif Astrid-Lingen, sésame
des auteurs de littérature jeunesse.

RÉSUMÉ

LA DÉCOUVERTE D'UN NOUVEAU MONDE

Le lendemain de son mariage, Gabrielle, la sœur d'Anne, disparait. Jens, son mari, est lui aussi introuvable, si bien que les recherches de la police tournent vite court.

Un an plus tard, Anne, 17 ans, souffre toujours de l'absence de sa sœur. Un soir, alors qu'elle écoute la radio, le signal se brouille et à la voix du présentateur se substitue celle de sa sœur, paniquée, qui l'appelle à l'aide. Malgré les grésillements de l'appareil, Anne parvient à distinguer quelques mots et comprend que pour retrouver Gabrielle, elle doit se rendre à Campagne, une petite localité sur la D8, entre Saint-Étienne et Montbrison.

Tandis qu'elle marche le long de la route pour rejoindre ce mystérieux village, le paysage autour d'elle se transforme et le ciel s'assombrit. Bientôt, c'est la tombée de la nuit et sous ses pas s'étend un sol noir et parfaitement lisse, sans irrégularités, au-dessus duquel circulent des véhicules volant à un mètre de hauteur. De part et d'autre s'élèvent d'imposants immeubles d'allure froide et impersonnelle, en bas desquels vont et viennent des passants au visage inexpressif.

Tout dans cette ville dégage une perfection glaçante, si bien qu'Anne se réfugie dans un hôtel : l'hôtel Légende. La réceptionniste, Madame Stormiwell, remarque aussitôt qu'Anne vient de la Terre et la met en garde contre les habitants de cet autre monde, pour qui les terriens sont considérés comme des créatures fantastiques particulièrement effrayantes et crasseuses. Elle lui explique également que les hommes de son espèce ne respirent pas, et craignent le souffle des terriens, vecteur de toutes sortes de germes.

Rire, soupirer et s'essouffler sont également exclus pour les habitants de cette dimension, dont la voix privée d'air a pris une résonnance métallique. Si Anne veut passer inaperçue parmi eux, elle devra faire en sorte de camoufler ses différences.

SUR LA PISTE DE GABRIELLE

Le lendemain matin, Anne revient chez elle, sans avoir pu obtenir davantage d'informations sur la disparition de sa sœur. La semaine suivante et celle d'après, elle revient donc à Campagne, cette fois-ci à bord de la voiture d'Étienne Virgil, un vieil écrivain qui a bien voulu la prendre en stop.

Lors de sa troisième visite à l'hôtel, Madame Stormiwell révèle à Anne avoir vu sa sœur, le lendemain de son mariage, aux côtés de Jens. Ce dernier est en réalité un hybride, né d'une terrienne et d'un homme appartenant à cette dimension parallèle. Il était, en tant que tel, employé dans une base militaire où il apprenait aux côtés d'autres hybrides à s'infiltrer parmi les terriens. Au terme de sa formation, il avait été envoyé en mission sur Terre pour capturer une jeune femme pour le compte d'un haut dirigeant fasciné par les charmes de l'espèce humaine. Il est par conséquent fort probable que Gabrielle ait été emmenée à Lorfalen, siège des institutions de ce monde.

Anne rejoint alors la gare, où elle a l'occasion d'utiliser un ordinateur. Elle s'en sert pour envoyer un message radio à Étienne Virgil, qui s'empresse de la rejoindre à Campagne. Ensemble, ils embarquent à bord d'un train pour Lorfalen...

Arrivés à Lorfalen, Anne et Étienne Virgil ne savent pas comment entamer leurs recherches, lorsque Bran, un hybride de la même escouade que Jens, reconnait Anne. Il était en effet présent en tant qu'invité factice au mariage de Jens et Gabrielle, où il avait dansé avec Anne et était tombé sous son charme. Voyant que les deux terriens sont suivis, il envoie son ami Torkensen les retrouver dans leur hôtel pour les avertir. Si ce dernier parvient à sauver Anne, Étienne Virgil est en revanche défenestré.

À peine sauvée, Anne rejoint Torkensen à la réception de l'hôtel. Ce dernier lui explique la situation et lui indique un lieu où elle pourra revoir Bran en toute sécurité. Le soir même, elle et l'hybride se retrouvent donc en dehors de la ville, dans le désert sans fin de Larena. Bran promet de l'aider à retrouver sa sœur, et dès le lendemain, Torkensen, qui a appris qu'un de leurs camarades est chargé de livrer de la nourriture terrienne aux femmes capturées par les dirigeants, élabore un plan d'action : le rendre malade afin de prendre sa place.

Torkensen fait ainsi un repérage dans les différentes résidences gouvernementales et repère celle où se trouve Gabrielle. Son infiltration manque toutefois de discrétion. Son comportement suspect n'échappe pas à l'œil acéré des caméras de surveillance, et il est rapidement interpelé par un garde. Torkensen a à peine le temps d'envoyer un message à Bran pour le prévenir de son arrestation avant que son « messageur » ne soit confisqué. Il commet toutefois une grave erreur en contactant Bran, puisqu'il le désigne de ce fait comme son complice à son geôlier.

Dans le désert aux côtés d'Anne, Bran comprend vite le danger qu'il court désormais. Afin que le gouvernement ne puisse plus le localiser, il demande à la jeune terrienne de lui arracher la puce qu'on lui a injectée à la naissance sous l'aisselle, puis l'emmène à l'autre bout de la ville. Guidé par ses seuls souvenirs, ses pas les entrainent lui et Anne jusqu'à la maison de la femme qui fut sa nourrice, et qui accepte de les héberger.

Cette femme, nommée Madame Beckelynck, leur apprend que suite à l'arrestation de Torkensen, le dirigeant qui détenait Gabrielle a préféré envoyer ses deux captifs à Estrellas, ville sans retour où les habitants de ce monde sont emmenés, au terme de leur vie, pour recevoir une injection létale. Il craignait en effet que son secret ne s'ébruite, et que la population apprenne qu'il gardait enfermée une terrienne...

UN PLAN D'ÉVASION RISQUÉ

Horrifiée, Anne décide de rejoindre sa sœur à Estrellas et de la ramener sur Terre auprès de leurs parents. Bien qu'il soit sceptique quant à leurs chances de réussite, Bran accepte de l'y accompagner. Déguisés en infirmiers, ils rejoignent une nouvelle gare, où ils se mêlent au personnel soignant qui accompagne les mourants pour monter dans le train.

Leur destination finale atteinte, Anne et Bran comprennent rapidement que les condamnés à mort appartenant à ce monde ne sont pas emmenés au même endroit que les terriens, dont l'existence doit impérativement être maintenue secrète. Le seul moyen de découvrir où est retenue Gabrielle est pour Anne de dévoiler sa vraie nature. C'est donc en dernier recours qu'elle entonne dans le hall de gare une chanson de son groupe préféré, révélant aux forces de l'ordre sa voix terrienne. Bran se fait quant à lui passer pour un gardien, allant jusqu'à frapper Anne pour sauver les apparences.

Lui et un autre maton escortent ensuite Anne jusqu'à l'aile réservée aux terriens, où elle retrouve Gabrielle, droguée aux médicaments. Laissé seul avec les deux sœurs, Bran en profite pour briser une fenêtre avec une chaise et les faire échapper tous les trois.

Ils errent plusieurs jours à travers la plaine désolée d'Estrellas avant que Bran et Gabrielle, en proie à la faim et à la soif, ne perdent connaissance. En désespoir de cause, Anne s'empare du « messageur » de l'hybride pour envoyer un appel à l'aide à Madame Stormiwell, qui envoie son mari à leur recherche. Après de longues recherches à bord de sa voiture, ce dernier finit par les retrouver et les ramène à Campagne dans l'appartement qu'il partage avec Madame Stormiwell.

Ils ont à peine le temps de reprendre quelques forces qu'ils apprennent que le gouvernement a, par mesure de sécurité, décidé de fermer le passage qui relie Campagne à la Terre. Craignant qu'il ne soit déjà trop tard, Anne, Bran et Gabrielle se précipitent sur la route, et parviennent *in extrémis* à rejoindre la Terre.

Quand la police interroge Gabrielle sur sa disparition, elle rapporte avoir été séquestrée par un homme dont elle n'a conservé que peu de souvenirs. Suivant les conseils d'Anne, elle ne parle ni du monde parallèle où elle a vécu pendant un an ni de ses étranges habitants. Elles évitent ainsi d'attirer l'attention et de passer pour folles auprès des enquêteurs.

Quant à Bran, il s'installe avec Anne dans son appartement. Il peut enfin exprimer la part humaine de sa personnalité qu'il a été contraint de réprimer durant toute sa vie.

ÉTUDE DES PERSONNAGES

ANNE COLLODI

Atypique et rêveuse, Anne est une jeune adolescente de 17 ans qui se décrit elle-même comme appartenant à cette catégorie de personnes pour qui « le monde n'est pas suffisant » (p. 32, partie I, chapitre 2). Plutôt svelte, elle est de taille moyenne et porte ses cheveux châtain foncé mi-courts.

Elle grandit à Saint-Just-sur-Loire, entourée de ses parents et de sa sœur, Gabrielle, dont elle est très proche. Son enfance est marquée par le temps que les deux fillettes passent ensemble chez leurs grands-parents italiens, où elles se rendent une fois par semaine pour manger des spaghettis bolognaises. Marcello, leur grand-père, meurt alors qu'Anne a 14 ans. Chiara, leur grand-mère, doit suite à cela partir vivre dans une maison de retraite, car elle perd la tête depuis quelques années déjà.

Malgré l'intelligence et la vivacité d'esprit d'Anne, ses résultats scolaires au collège sont médiocres. Il n'est pas rare en effet que son imagination l'emporte loin de la salle de cours où elle se trouve, au point qu'elle tombe un jour de sa chaise devant tous ses camarades.

Elle opte par la suite pour une formation en alternance et travaille en tant que vendeuse stagiaire à *4 pieds*, un magasin de chaises, pour gagner sa vie. Elle quitte par conséquent le domicile familial assez tôt pour emménager dans un appartement en colocation.

Lorsque sa sœur lui présente son fiancé Jens, elle a un mauvais pressentiment. Quand elle confie son appréhension à Gabrielle, cette dernière n'y prête toutefois pas grande attention. Aussi Anne éprouve-t-elle une culpabilité dévorante lorsqu'elle disparait le lendemain de son mariage...

Son adolescence est également marquée par une histoire d'amour compliquée avec un jeune garçon du nom de Benoît, qu'elle finit par quitter lorsqu'elle réalise qu'il l'ennuie. Bien qu'elle n'ait pas éprouvé pour lui de réels sentiments, elle ne se sent pas prête à entamer une nouvelle relation quand elle rencontre Bran au mariage de sa sœur.

GABRIELLE COLLODI

Gabrielle Collodi est la sœur d'Anne Collodi. Tandis qu'Anne a hérité de la branche paternelle et italienne de leur famille, Gabrielle, avec ses yeux bleus et ses cheveux roux, tient davantage de leur mère.

D'une nature enjouée et spontanée, elle a 24 ans lorsqu'elle fait la rencontre de Jens, dont elle tombe très vite amoureuse, et qu'elle épouse dans la foulée. Lorsqu'il lui révèle être un hybride, il est déjà trop tard : elle est à Campagne, impuissante et terrifiée. Elle conserve néanmoins l'espoir que Jens, qui, en dépit de sa nature hybride, l'aime sincèrement, puisse rester à ses côtés. C'est pour elle un choc supplémentaire lorsqu'il est assassiné, tandis qu'elle est emmenée de force à Lorfalen. Elle y est enfermée dans une chambre de la résidence gouvernementale de son ravisseur, un haut dirigeant de cet univers parallèle. Ce dernier lui rend visite chaque jour, à 17 heures précises. Il ne manque jamais de lui apporter un cachet vert émeraude, drogue puissante et addictive visant à inhiber ses émotions et annihiler ses souvenirs. Un an après son enlèvement, alors qu'elle est en proie au manque et que ses mains tremblent, son cachet tombe à terre et elle l'écrase par mégarde. La privation est douloureuse dans les heures qui suivent, mais lui permet de recouvrer la présence d'esprit nécessaire pour échapper à la vigilance de son garde et s'introduire dans le bureau de l'homme qui l'a enlevée. En se servant de son ordinateur, elle peut enregistrer un appel à l'aide. Cet éclair de lucidité ne dure cependant pas. Quand son gardien découvre sa supercherie, il la force de nouveau à ingurgiter son médicament et Gabrielle, privée de sa mémoire, sombre une seconde fois dans les ténèbres. Sa tentative d'évasion n'aura toutefois pas été vaine, puisqu'Anne reçoit son message et parvient à la retrouver.

À son retour sur Terre, Gabrielle n'est néanmoins plus que l'ombre de ce qu'elle a été. Son année de séquestration a eu raison de sa joie de vivre et de son enthousiasme. Méconnaissable, elle passe plusieurs mois hospitalisée dans un hôpital psychiatrique. Son état s'améliore à la fin du livre, mais il lui faudra encore du temps pour surmonter ses traumatismes.

ÉTIENNE VIRGIL

Écrivain solitaire en mal d'inspiration, Étienne Virgil est un vieil homme de 71 ans rongé par la mélancolie. Depuis qu'il a perdu sa femme, Madeleine, trente ans plus tôt, il a plusieurs fois essayé de refaire sa vie, mais n'a pu retrouver chaussure à son pied.

Il a rencontré Madeleine alors qu'il était un adolescent timide et maladroit, qui n'avait que peu de succès auprès des filles. Rapidement, il est tombé sous le charme de sa personnalité exubérante et l'a épousée. Ils ont eu plusieurs enfants avant qu'elle ne succombe des suites d'un accident cérébral. D'elle, il ne reste alors à Étienne que des souvenirs et une photo prise dans une station-service, qu'il garde précieusement dans son portefeuille.

Il peine par la suite à tisser des liens avec ses enfants, dont il n'est pas très proche. Il entretient en revanche une grande complicité avec Loïse, l'ainée de ses huit petits-enfants, qui se réfugie chez lui à plusieurs reprises après s'être disputée avec ses parents.

Pour gagner sa vie, Étienne écrit des livres. Il n'aime pas dire qu'il est écrivain, car il a peur de passer pour prétentieux, mais il est l'auteur d'une quinzaine de romans. Il n'est pas satisfait du dernier, *Le Saut de l'ange*, dont la parution approche, et craint d'être trop vieux et de ne plus avoir suffisamment d'idées pour continuer ce métier.

Sa peur de vieillir se manifeste dans son refus de couper ses cheveux, qu'il porte longs depuis ses seize ans.

Quand il prend Anne en autostop, elle lui rappelle immédiatement sa petite-fille Loïse. Il remarque vite son comportement inhabituel pour une jeune fille de son âge, mais répond volontiers aux questions indiscrètes qu'elle lui pose. Alors que son imagination bat de l'aile et qu'il se sent plus seul que jamais, elle est une oreille attentive à laquelle il peut se confier sereinement et le pousse à repousser les limites du réel pour vivre une dernière aventure fantastique.

BRAN ASHELBI

Fils d'un haut dignitaire de Lorfalen et d'une terrienne capturée par ce dernier, Bran Ashelbi est un hybride d'une vingtaine d'années. Il ne sait rien de sa mère, sinon que comme toutes les femmes dans sa situation, elle a été emmenée à Estrellas le lendemain de son accouchement. Il a pour sa part été confié à Madame Beckelynck, dont c'est le métier d'élever de petits hybrides.

Il vit chez elle jusqu'à ses huit ans, âge auquel il est emmené dans une caserne militaire où lui et d'autres hybrides suivent des cours sur les mœurs terriennes. Ils ont notamment des leçons de sentiments, et s'entrainent à ingurgiter de la nourriture terrestre sans avoir la nausée. Le but est d'ainsi les former en vue d'éventuelles missions sur Terre, visant à capturer des terriennes pour le compte de leurs dirigeants.

Très vite, Bran montre des aptitudes particulières dans ces cours, sans doute car il a davantage hérité de l'humanité de sa mère que du caractère réfrigérant de son père.

Plus terrestre que la plupart des hybrides, il avale sans difficulté les quiches lorraines et parvient même à rêvasser, ce dont ses camarades de chambrée sont incapables.

C'est probablement en raison de cette différence qu'il éprouve, lors de sa première mission sur Terre à l'occasion du mariage de Jens et Gabrielle, le sentiment d'être de retour chez lui après une longue absence. Sa rencontre avec Anne renforce cette impression, néanmoins il n'ose pas se désolidariser du groupe et ne dévoile rien de la nature réelle de Jens aux deux sœurs.

Quand il recroise Anne à Lorfalen, un an plus tard, sa culpabilité est toujours bien présente, et ses sentiments envers Anne n'ont fait que croitre. Il est, dès lors, prêt à aller à l'encontre de l'ordre établi et de la société dans laquelle il a grandi.

Comme tous les hybrides, sa peau est parfaite, dorée et satinée, sans imperfections. Il se distingue toutefois par son sourire éclatant, plus naturel que celui des autres membres de son espèce.

CLÉS DE LECTURE

UN CONTE PHILOSOPHIQUE

Le monde décrit par Jean-Claude Mourlevat frise la perfection. Ses habitants ont tous la peau lisse, dénuée de boutons ou de cicatrices, et ne prononcent jamais un mot plus haut que l'autre. Ils ne connaissent ni la colère, ni l'envie, ni même la tristesse.

Leurs édifices sont parfaitement proportionnés, leurs routes impeccablement entretenues et la circulation s'y fait sans encombre, si bien qu'il ne s'y produit jamais d'accidents. Les virus et les microbes ne pouvant circuler dès lors que personne ne respire, la notion de maladie est également étrangère à cette société, laquelle n'est pas non plus corrompue par l'argent, puisque tout y est accessible en libre-service.

Pourtant, la vie qu'y mènent ses citoyens est fade, sans saveur. La Terre, en comparaison, apparait belle par toutes ses irrégularités et ses fantaisies.

Cette morale que défend Jean-Claude Mourlevat dans *Terrienne* permet d'apparenter son roman à un conte philosophique. Né au XVIIIe siècle, ce genre littéraire renvoie à un récit de fiction visant à transmettre un message et à faire réfléchir le lecteur sur la société dans laquelle il évolue, tout en le distrayant.

L'objectif de *Terrienne* est donc double. Ce roman entend, d'une part, divertir son lecteur en le plongeant dans un monde dépaysant, et d'autre part, l'inviter à réfléchir sur le monde qui l'entoure. Au terme de sa lecture, il prêtera ainsi davantage attention aux détails, aux petites choses qui font la richesse de notre quotidien, et sera en mesure d'apprécier à sa juste valeur la magie de l'imprévu.

Cette réflexion sur la beauté et la saveur de l'imperfection est introduite lors des deux premiers retours d'Anne sur Terre. Elle dit en effet apprécier « l'odeur des pots d'échappement » et des « branches en décomposition » (p. 59, partie I, chapitre 4), puis, plus loin, affirme être heureuse de retrouver « la chaussée inégale », « un morceau de fil de fer accroché à une barrière », et même « un hérisson écrasé sur la route » (p. 74, partie I, chapitre 5). Autant de choses dont elle a été privée lors de ses séjours dans la ville aseptisée de Campagne, et dont elle ne mesurait pas la valeur jusqu'alors.

Cette idée est explicitée dans les dernières pages, dans un billet rédigé de la main d'Anne :

> « Je suis amoureuse de cette Terre sur laquelle j'ai mes pieds. Je l'aime avec tous ses défauts, toutes ses tares. Je l'aime à cause de ça. » (p. 365-366, partie III, chapitre 8)

Ainsi, les bonnes choses doivent nécessairement coexister avec les mauvaises. La vie comporte son lot d'épreuves et de contrariétés, mais ce sont en définitive ces moments plus difficiles à traverser qui donnent de la valeur aux périodes plus douces de nos existences.

UNE MISE EN ABYME

À travers son roman *Terrienne*, Jean-Claude Mourlevat introduit par l'intermédiaire du personnage d'Étienne Virgil, auteur de romans fantastiques, une réflexion sur la fiction, ses rouages et ses mécanismes.

La profession d'Étienne Virgil induit en effet une mise en abyme, procédé qui consiste en une mise en scène par un artiste de son propre art. Apparu en peinture, ce mécanisme est fréquent en littérature et est employé par Jean-Claude Mourlevat afin d'établir un parallèle entre les mondes créés par Étienne Virgil dans ses romans et le monde mystérieux dans lequel Anne l'a entrainé.

Ce parallèle permet d'aborder la lutte intérieure de ce personnage lorsqu'il se retrouve confronté à cet univers invraisemblable, qui entre en contradiction avec sa logique. Alors qu'il est sur le point de rejoindre Anne à Campagne, Étienne Virgil songe ainsi qu'en dépit de toutes les histoires insensées qu'il a imaginées au cours de sa vie, il est toujours resté un homme rationnel. Il n'a jamais vraiment cru qu'il pouvait exister un ailleurs, en marge de la réalité, et, même confronté à des preuves irréfutables, il peine à admettre l'existence d'une dimension parallèle. C'est finalement son inquiétude pour Anne, qu'il ne veut pas laisser seule dans ce monde étrange, qui le pousse à repousser les limites de sa conception du réel (p. 42, partie I, chapitre 3).

La mise en abyme se poursuit après qu'il ait franchi le passage à Campagne, tandis qu'Anne s'interroge sur leurs chances de parvenir à retrouver Gabrielle. L'auteur réplique alors :

> « J'y crois parce que ça n'a aucune chance d'arriver. Dans mes romans, ce qui n'a aucune chance d'arriver arrive. Et ce qui doit arriver n'arrive pas. » (p. 140, partie II, chapitre 2)

Cette explication ne rassure toutefois pas Anne, pour qui les enjeux de cette histoire sont bien réels, dans la mesure où sa sœur Gabrielle n'est pour elle pas une fiction. Son point de vue s'oppose alors à celui d'Étienne Virgil, qui garde comme le lecteur un certain recul vis-à-vis de cette histoire, et dont les allusions au processus d'écriture constituent un pont entre le réel et l'imaginaire. Avec cette réplique, Jean-Claude Mourlevat met par ailleurs en évidence l'un des procédés narratifs auxquels il a recours, à savoir l'importance pour un écrivain de surprendre son lecteur, en introduisant des évènements qui dans la réalité seraient hautement improbables. On comprend, dès lors, que son intention n'est pas d'être réaliste, mais de tenir en haleine ses lecteurs.

Cette idée apparait de nouveau quelques pages plus loin, quand Anne demande à Étienne Virgil comment ils procèderaient s'ils étaient dans un roman, ce à quoi il répond :

> « Je suppose qu'il se passerait quelque chose d'inattendu, quelque chose que personne n'aurait pu prévoir : ni les deux héros, ni le lecteur, ni même l'auteur. » (p. 148, partie II, chapitre 2)

Ces mêmes mots sont répétés à la fin du chapitre, après l'assassinat d'Étienne Virgil, de sorte que le lecteur réalise que l'auteur a, sans le savoir, prédit sa propre mort. En plus d'introduire un discours réflexif sur les mécanismes de la fiction, ce personnage permet ainsi de préparer le terrain avant un rebondissement majeur...

Intégrer une figure d'écrivain dans son intrigue n'est donc pas une décision anodine pour Jean-Claude Mourlevat, qui n'hésite pas à utiliser son personnage pour jouer sur les codes narratifs, adressant de cette façon un clin d'œil à ses lecteurs, et révélant au passage quelques ficelles de son métier. Étienne Virgil reste néanmoins un personnage et ne doit pas être identifié à Jean-Claude Mourlevat, qui a déclaré que n'étant ni seul, ni dépressif, ni en manque d'inspiration, il ne s'agissait pas de lui.

UN ROMAN À MI-CHEMIN ENTRE LA SCIENCE-FICTION ET LE FANTASTIQUE

Situé à la frontière entre deux genres littéraires, *Terrienne* ne peut être simplement étiqueté roman fantastique ou roman de science-fiction. Ce roman comporte des caractéristiques propres à l'un et l'autre de ces deux genres, fréquemment associés en littérature.

La science-fiction, d'abord, est caractérisée par ses intrigues reposant sur des avancées scientifiques situées dans un futur plus ou moins proche, dépassant l'état actuel de nos connaissances. Si l'intrigue de *Terrienne* est située dans le présent, la dimension parallèle qu'Anne rejoint à partir de Campagne évoque en effet un monde futuriste, où la civilisation poussée à l'extrême a fini par avoir raison des sentiments humains. Avec ses voitures volantes, son absence de végétation et son quotidien réglé comme une horloge, cette dimension parallèle représente donc une version plus évoluée de la Terre, une anticipation de ce que pourrait devenir l'humanité...

Le fantastique se définit quant à lui par l'intervention dans notre réalité de phénomènes surnaturels, pouvant éventuellement susciter la peur, le rejet, ou l'incompréhension de la part des héros. Ces sentiments sont effectivement ceux qui habitent Anne lorsqu'elle arrive pour la première fois à Campagne, et tout au long du récit, où elle n'aura de cesse de vouloir rejoindre la Terre. À son retour, elle fait d'ailleurs le choix de ne pas parler de ce qu'elle a vu, tant cet autre monde parait invraisemblable vis-à-vis de la réalité.

Cette notion de fantastique est par ailleurs abordée dans ce roman par l'intermédiaire d'Étienne Virgil, alors qu'il se remémore une interview qu'il a donnée, lors de laquelle il avait affirmé que « le simple fait d'exister et qu'il existe quelque chose » (p. 43, partie I, chapitre 3) est fantastique.

Cette idée que notre monde est tout aussi incroyable qu'un autre, créé de toutes pièces et imaginé par un écrivain, est aussi évoquée plusieurs chapitres auparavant, lorsque Madame Stormiwell apprend à Anne qu'à Campagne, les humains sont considérés comme des créatures mythiques imaginaires (p. 65-66, partie I, chapitre 5). C'est donc la Terre qui, comparée à ce monde parallèle, est ici représentée comme un univers fantastique.

Jean-Claude Mourlevat introduit ainsi un jeu littéraire sur les codes du genre fantastique. « C'est un jeu de paroles, un jeu d'interview, un simple jeu » (p. 43, partie I, chapitre 3), précise d'ailleurs Étienne Virgil, réalisant qu'il est plus rationnel qu'il ne veut bien le laisser croire...

Les personnages féminins en science-fiction

Née au XIXe siècle, la science-fiction est au départ un genre littéraire réservé aux hommes, mettant majoritairement en scène des personnages masculins. Le peu de femmes qui sont représentées dans ces romans le sont de manière sexiste, occupent des rôles secondaires et restent passives, cantonnées à la vision patriarcale des auteurs.

Dans les années 1960-1970, ce genre est toutefois de plus en plus employé pour relayer des questionnements sociétaux, si bien que des écrivaines s'en emparent pour exprimer des revendications féministes.

Dès lors, de plus en plus d'auteurs et autrices de science-fiction mettent en scène des personnages principaux féminins. On assiste notamment à une vague de dystopies centrées sur des personnages féminins dans les années 2010, suite à la sortie de la trilogie *Hunger Games*, dans laquelle Suzanne Collins rapporte les aventures de Katniss Everdeen, une jeune adolescente courageuse et rebelle.

UNE DESCENTE AUX ENFERS

Comme à peu près tous les aspects de la vie quotidienne dans le monde parallèle imaginé par Jean-Claude Mourlevat, la mort y est régie par une rigoureuse organisation. Puisque les accidents et les maladies en ont été éradiqués, les habitants de cet univers, quand la fadeur et l'ennui de leur existence finissent par les rattraper, se contentent donc de s'assoir, inertes, en proie au vide. Ils sont alors emmenés par des infirmiers à Estrellas, où ils reçoivent une injection létale avant d'être incinérés.

Alors que Gabrielle s'apprête à subir ce triste sort, Anne et Bran décident de s'y rendre pour la sauver.

Leur périlleux voyage, à bien des égards, évoque le motif de la descente aux Enfers, aussi appelé catabase, présent dans nombre d'épopées gréco-romaines. Estrellas est en effet présentée par Bran comme un lieu dont « on ne revient pas » (p. 253, partie II, chapitre 8), une description qui renvoie à un interdit fondamental dans la religion grecque : celui du retour sur Terre après la mort. L'analogie est d'autant plus forte que le mythe d'Orphée, premier homme à avoir bravé cet interdit, est mentionné explicitement dans le texte de Jean-Claude Mourlevat :

> « Je pense à Orphée revenant des Enfers et qui ne doit pas se retourner sur Eurydice, ne pas la regarder, sous peine de la perdre. Moi je devais parler encore et encore pour tenir Gabrielle en vie. Je me tais et elle va mourir. » (p. 316, partie III, chapitre 4)

Ce mythe raconte l'histoire d'un mortel, Orphée, qui suite à la perte de sa femme Eurydice, mordue par un serpent, décide d'aller la récupérer dans l'Au-delà. Hadès, dieu des Enfers, l'autorise à la ramener sur Terre, à la condition qu'il ne se retourne pas avant d'avoir atteint le monde des vivants. Alors qu'Orphée touche au but, il ne résiste cependant pas à la tentation de glisser un regard à Eurydice, qui disparait instantanément dans les profondeurs de la Terre.

De même que *Terrienne*, ce mythe met donc en scène l'amour contre la mort, mais tandis que dans le cas d'Orphée et Eurydice, la mort a le dessus, dans celui d'Anne, Bran et Gabrielle, c'est l'amour qui finit par triompher…

Bien d'autres héros après Orphée ont dû affronter les Enfers pour remonter vers la lumière. Ce fut notamment le cas d'Ulysse, Hercule, Enée et, quelques siècles plus tard, de Dante, dans la *Divine Comédie.*

La récurrence de ce thème dans la littérature s'explique par sa symbolique forte. Effectivement, la catabase constitue un rite initiatique, visant pour le héros à abolir sa peur de la mort et à aboutir à une forme nouvelle de vérité. C'est aussi le cas pour Anne, qui à son retour sur Terre prend conscience de la beauté de ce monde qui l'a vue naitre. Elle l'apprécie d'autant plus qu'elle a été privée pendant un temps de ses défauts et de ses tares, les troquant contre une perfection dérangeante et morbide.

La Terre est ainsi associée à la vie, tandis que l'autre monde, privé de respiration, est celui de la mort. Quant à la crainte des habitants de cette autre dimension vis-à-vis d'une contamination de la Terre, elle n'est pas sans rappeler la vision des anciens Grecs, qui redoutaient que la confusion du monde des morts avec celui des vivants ne mène à un état de « souillure », raison pour laquelle ils enterraient leurs défunts en dehors de leurs cités.

<u>Le saviez-vous ?</u>

L'histoire d'Orphée et Eurydice n'est pas l'invention d'un Grec. Charles-Félix-Hyacinthe Gouhier, philologue de la deuxième moitié du XIXe siècle, rapporte en effet les similitudes entre ce mythe et certains récits iroquois, tribu installée depuis le Xe siècle av. J.-C. dans les régions du Canada et de l'Amérique du Nord. Les peuples d'Amérique et d'Europe n'ayant pas eu le moindre contact entre la préhistoire et la colonisation, il faut dès lors supposer que cette légende remonterait à une époque antérieure à l'installation des Iroquois en Amérique. Le personnage d'Orphée aurait donc une origine paléolithique...

PISTES DE RÉFLEXION

QUELQUES QUESTIONS
POUR APPROFONDIR SA RÉFLEXION...

- D'après vous, les habitants du monde parallèle créé par Jean-Claude Mourlevat sont-ils plus ou moins civilisés que les terriens ? Comment définissez-vous cette notion de civilisation ?

- Cet univers tient-il davantage de l'utopie ou de la dystopie ? Justifiez.

- Que représentent les éléments terriens absents des villes de Campagne et de Lorfalen ? Qu'ont-ils en commun ?

- Pourquoi fait-il toujours nuit lorsqu'Anne arrive à Campagne, tandis qu'il fait toujours jour lorsqu'elle revient sur Terre ?

- Dans la scène d'ouverture du roman, Anne tient entre ses mains un scarabée. Que représente cet insecte ? Quel sera son rôle dans la suite de l'histoire ?

- Tandis que Gabrielle, Anne et Bran rentrent sur Terre sains et saufs, Étienne Virgil perd la vie à Lorfalen. Pourquoi, à votre avis, l'auteur a-t-il fait le choix de tuer ce personnage ?

- Selon vous, pourquoi l'argent n'est-il pas nécessaire à Campagne et Lorfalen ?

- Lorsque Anne décide de rejoindre sa sœur à Estrellas, elle entraine Bran avec elle alors qu'ils n'ont que peu de chance de s'en sortir vivants. Son comportement est-il moralement défendable ?

- En quoi le titre du dernier roman d'Étienne Virgil, *Le Saut de l'ange*, constitue-t-il une anticipation de l'intrigue ?

POUR ALLER PLUS LOIN

ÉDITION DE RÉFÉRENCE

- Mourlevat J., *Terrienne*, Paris, Gallimard Jeunesse, 2011 [ebook numérique].

ÉTUDES DE RÉFÉRENCE

- Barta M., « Démythification du mythe d'Orphée ou la conquête de la mort par la parole », in *Religiologiques*, Vol. 25, 2002 : pp. 97-117.

- « Pourquoi certains mythes sont communs à l'humanité ? » in www.lemonde.fr, consulté le 03/10/2021. URL : https://www.lemonde.fr/le-monde-des-religions/article/2020/06/21/pourquoi-certains-mythes-sont-communs-a-l-humanite-entiere _ 6043614 _ 6038514.html

- Vartian S., « Guerrières, chasseresses et corps éprouvé dans la science-fiction adolescente actuelle. Le cas des Hunger Games de Suzanne Collins » in *Recherches Féministes*, Vol. 27(1), 2014 : pp. 113-128.

- Bredda H., « Science-fiction féministe, des œuvres aux fans. Engagements expressifs et militants autour des romans d'Ursula K. le Guin, Marion Zimmer Bradley et Margaret Atwood », in *ReS Futurae*, Vol. 13, 2019 : pp. 1-16.

lePetitLittéraire.fr

- un résumé complet de l'intrigue ;
- une étude des personnages principaux ;
- une analyse des thématiques principales ;
- une dizaine de pistes de réflexion.

**Retrouvez
notre offre complète sur
lePetitLittéraire.fr**

ISBN version numérique : 9782808024259
ISBN version papier : 9782808024266
Dépôt légal : D/2021/12603/52

Conception numérique : Primento,
le partenaire numérique des éditeurs.

9 782808 024266